너를 아직 다 읽지 못했다

시작시인선 0528 너를 아직 다 읽지 못했다

1판 1쇄 펴낸날 2025년 3월 26일
지은이 민선숙
펴낸이 이재무
기획위원 김춘식, 유성호, 이형권, 임지연, 차성환, 홍용희
책임편집 이호석
편집디자인 김지웅, 정영아
펴낸곳 (주)천년의시작
등록번호 제301-2012-033호
등록일자 2006년 1월 10일
주소 (03132) 서울시 종로구 삼일대로32길 36 운현신화타워 502호
전화 02-723-8668
팩스 02-723-8630
블로그 blog.naver.com/poemsijak
이메일 poemsijak@hanmail.net

ⓒ민선숙, 2025, printed in Seoul, Korea

ISBN 978-89-6021-804-8 04810
　　　978-89-6021-069-1 04810(세트)

값 11,000원

너를 아직 다 읽지 못했다

민선숙

천년의
시작

시인의 말

끊어졌다가
이어졌다가
길이 기대어 내게 올 때

쉼 없는 시간들
스스로 멈추고
말을 잊지 않은 사람처럼
답을 찾아가는 혼잣말

꿈틀거리는 내 안의 말
애썼던 시간들
하나씩 하나씩
품에서 꺼내어 본다

차 례

시인의 말

제1부

혼수 AS ——— 13

곰바우 칼국수 ——— 14

일요일 아침 ——— 16

카페트 빠는 날 ——— 18

삶의 온도를 맞추다 ——— 20

체인지업 ——— 22

칠월 그날 ——— 23

어머니의 엷은 미소 ——— 24

너무 늦어 못 부르는 노래 ——— 26

아버지를 꺼내다 ——— 28

햇살에 기댄 어깨가 들썩거리는 오후 ——— 30

큰어머니의 뒤란 ——— 32

마당재골 ——— 34

그 추억 어디 갔을까 ——— 36

안녕을 묻다 ——— 38

제2부

햇살 닮은 당신 ——— 41

따스한 입김으로 ——— 42

부산행 기차를 타다 ——— 43

둥지를 찾아서 ——— 44

한 평 ——— 46

같은 길 ——— 48

늙지 않는 여인 ——— 50

늘푸른행복요양원 ——— 52

새들의 식사 시간 ——— 54

물굽이 산책로 ——— 56

한탄강 주상절리길 ——— 58

바다에 길을 내다 ——— 60

아야진 해변에서 ——— 62

소록도 ——— 64

그림자만 다녀가다 ——— 66

제3부

들꽃 —————— 69
상처를 어루만지다 —————— 70
가끔은 —————— 72
너에게 머문다 —————— 74
위도 —————— 76
생존형 스쿠터 —————— 78
열병 일기 —————— 80
수술실 앞에서 —————— 82
삼 일 내내 비가 내렸다 —————— 84
사선 위의 날들 —————— 86
붉은 매화 —————— 88
그래도 사는 거야 —————— 89
내일을 찾는 그녀 —————— 90
너를 아직 다 읽지 못했다 —————— 91
생맥주 —————— 92

제4부

맑음 에스테틱 ——— 95
74번길 ——— 96
카페 라방드 ——— 98
너를 챙기는 오후 ——— 99
기억 회로 장치 ——— 100
샘들길 ——— 102
찌개 공예 ——— 104
조문 빌라 101호 ——— 106
조명 없는 집 ——— 108
피우지 못한 꽃 ——— 110
다비움 산장 ——— 112
달빛의 속울음 ——— 114
시린 듯 아픈 듯 ——— 116
해조음을 듣다 ——— 118

해　설

공광규　긍정의 일상과 가족 제재, 그리고 어법과 구성의 특징　120

제1부

혼수 AS

손가락에 손바닥에 굳은살 많아지고
휴일과 휴무는 잊은 지 오래

견디기 힘든 피곤함이 쌓여 갈 때쯤
야호, 새집이에요
두 아이 손 잡고 이사 온 집

냉장고 세탁기 텔레비전
장롱과 침대
친정 엄마가 딸에게 새로 사 주셨네요

서로에게 바람이 불어 젖었다 말랐다
먹구름 거두어 흰 구름 되니
도란도란 아이들 웃음소리

꾹꾹 누르며 살아온 눅눅한 날들
서로 얼싸안는 오늘 밤
달빛 소나타 들으며 행복을 꿈꿔요

곰바우 칼국수

새벽잠을 잊은 지 오래

빨간 다라에 배추 절이고
무를 토막 내 깍두기 만들고
뻘을 머금은 바지락은 해감하고
멸치와 무와 파 뿌리와 황태 대가리로 육수를 냅니다

기계로 뽑아 내지 않고
두 손으로 반죽하여 치대고 밀어서
정성스럽게
곰바우 칼국수를 만듭니다

반창고가 감겨 있는 손가락을 주무르며
철가방 들고 배달 가는 아들의 뒷모습

취업의 기다림은 까마득한 옛일이 되어
아무래도 지금이 제일인 듯

꾸부정 허리가 되어도
단단한 어미 마음으로 품어 준 아들은

대를 이어
곰바우 칼국수를 만들고 있습니다

일요일 아침

옹기종기 모여 소란스러운 일요일 아침
조롱조롱 꽃술 날려 벌 나비 찾아오는데
침묵을 깨는 까치
감나무에 앉아 톡톡톡
생각을 깨워 서로 삐친 얼굴도 웃게 만들지요

청소와 설거지가 서투른 오빠
봄 여름 가을 겨울 꿈이 달라지는 동생
요리 실력은 타고난 복이라는 아빠

문이 열리고 아침이 저녁에서 무늬를 찾았어요

손때를 지우니 맑은 창이 되었고
물과 만나 상처가 깨끗해졌고요
책상에 앉아 쓰고 지우니 교사도 기자도 되었어요

씻고 썰고 지지고 볶아 카레 짜장을 만들고
감자 호박 썰어 보글보글 된장국도 끓여요

끓이지 않는 일요일 웃음소리

오빠 동생 아빠에게 왕관을 씌워 주는 딸
온 가족이 검사 맡는 일요일 아침이에요

카페트 빠는 날

욕조에 카페트 넣고 세제를 풀었어요
종아리까지 바지 걷어 올리고
밟고 밟아 난간에 걸쳐 놓았더니
지켜보던 냥이가 물속에 첨벙
거품은 금방 냥이를 덮었어요

안간힘 쓰며 이리 뛰고 저리 뛰다
순간 불끈 힘을 주더니 순순히 손을 내밀어요

융숭한 대접을 기다리는 카페트
흐린 날 너무 천천히 말라
건조기 돌려 다시 펼쳐 놓았어요

카페트 위에 앉아 나눈 속내와 정
틈이 나고
모가 나고
성이 난 말
고르게 펴 말렸어요

카페트 잘 마르고

가족 속내도 뽀송뽀송
오늘은 맑음이었다지요

삶의 온도를 맞추다

명예라는 말이 붙어 있어
남은 기간의 월급을 보태어 넉넉하게 건넨 잔고
의자를 빼낸 공간에는
대박나무 녹보수가 자리 잡았다

미처 헤아리지 못한 아이의 까만 눈
머릿속에 그려 놓은 지도에 가족이 있어
휘청이듯 이삿짐 내려올 때
처진 어깨에 날개가 돋듯
펼쳐지는 날개에 박힌 보석을 찾아야 해

컨테이너에 실었다
물 맑고
인심 좋고
살기 좋은 곳으로
지난밤 무거움까지 넣어서 보냈다

산수유 노랗게 피어난 삼월의 햇살
찬바람도
어깃장을 놓는 일상

삶의 온도를
끓는점 88도로 맞춘다

체인지업

충무 포은 원효
인스빌 SK 미루체 파크루체로
체인지업

찾아가는 길이
늘 있던 곳인데
체인지업 된 아파트 이름
어두워진 눈은 읽어 내지 못한다

보고 싶은 아들이 사는 곳

뼛속까지 젖어 오는 서러움이
천 냥 만 냥

애들아
엄마가 들은 보험 이젠 인출할까

칠월 그날

폐암이라는 의사 진단에도 무덤덤
손에 쥔 묵주 돌리며
이쪽저쪽 상처 쓰다듬어 주던 어머니

흐리다 비 내리는 날
칼국숫집에서 쌓인 속내 풀어놓으며
먼 길 떠난 어머니가 부른다 했다

늦지 말라는 전갈을 받았다며
얼굴에 엷은 미소 띤 채
눈 지그시 감으셨다

지글거리는 태양의 폭염
긴 장마의 퀴퀴한 냄새

먼 길 떠난 어머니가
어젯밤 꿈속에 환한 얼굴로 찾아오셨다
여전히 묵주 돌리며 기도하는 모습

변함없는 그 사랑 그리워
칠월의 뜨거운 눈물 삼킨다

어머니의 엷은 미소

잊고 있었어요
커피잔 속에 비친 얼굴

비포장 길을 걸어간 유월의 산사
어머니 영정 사진이 보였어요

수건 머리에 싸매고 서두르던 어머니
신발 벗고 맨발로 들어간 논에서
모내기 호루라기 소리 들렸어요

여이야, 부르는 소리에
허리 세웠다 다시 허리 숙이며
모를 심던 어머니
고단한 시간 더디게만 가던 반나절
휘어진 허리로
줄 맞춰 나란히 모를 심는 날
내려 쬐는 햇살이 사나웠어요

뎅그렁 풍경 소리 들리는 산사
법당 안에서 손을 모으고

바닥에 엎드렸어요
고개 들어 보니 부처님 얼굴에
어머니 엷은 미소가 보였어요

애야,
깊은 주름의 노곤한 어머니가
잔잔하게 바라보며
슬며시 머리 위에 손을 얹으셨지요

생전
어깨 쓰다듬어 주시던 그 손길로

너무 늦어 못 부르는 노래

육십 년 전 정월 스무이렛날
점심 먹고 잠깐 누워 쉰다는 아버지
돌아누워 잠든 듯이 떠나셨다

넋 놓고 먼 산만 바라보았다는
엄마의 서른셋 추운 겨울
아궁이 앞에 옹기종기 모여 앉은
남겨진 다섯 남매

잰걸음으로 이웃집 논밭에
품앗이 다니며 혼신을 다해도
빚 독촉은 끊이지 않았다

물기 마르지 않아 저벅거리는 삶은
거친 풍랑에 휩쓸릴 때
타던 장작 숯으로 쓰는 내일일 뿐

출렁거리는 혼돈의 시간
빌리며 갚으며 살아온 날들이었다

거실 한쪽에 놓여 있는
낡은 서랍장과 미싱
한숨으로 기워진 눈물이
쇠잔한 엄마의 손등에 박음질되었다

'그만하지'
'괜찮아'
쓰다듬어 주던 손길
듣지 못한 당신의 속내
힘없이 주저앉아 듣는다

아버지를 꺼내다

비가 오고 아지랑이가 핍니다
기억 저편 서랍
움푹 들어간 눈, 입가엔 옅은 미소
제삿밥 올리니 아버지 오셨어요

매년 같은 날, 다른 모습
어려서 꽃신 신은 기억은 세월 지나 가물가물
낡은 흑백사진 보며 아버지를 꺼냅니다

앞마당 감나무는 붉은 기억 토해 내고
손때 묻은 뒷마당 대추나무는
아버지 목소리 들려주네요

못다 한 사랑
대신 싹틔운 화해의 손길

걱정스러운 듯
사진 속에서 내려다보는 아버지
이승의 버거운 일상에 붉어지는 눈

늙은 어머니
거친 손으로 향 피웁니다

햇살에 기댄 어깨가 들썩거리는 오후

삶의 기울기가 달라진 질긴 일상
찢겨 닳고 닳아
신발에 시동을 걸었다

비틀거리며 지나온 길에 이름표를 붙여
일그러지고 게으른 영상을 하나씩 지우면
악을 쓰는 손톱자국이
남루하고 두꺼운 사전으로 쌓였다

너무 일찍 떠나 버린 아버지의 기억
전기가 끊어져 불이 들어오지 않는 방
나오지 않는 수돗물
냉장고의 썩은 음식들

가뭄에 콩 나듯 했던 일자리
바닥에 닿지 않는 발바닥에
땀방울 맺히면
이 길 저 길 물꼬를 터서 달렸다

닳아 빠진 신발에 불이 켜지는 오후

햇살 기댄 어깨가 들썩거리고
깃털처럼 채워지는 도량은
다시 눈부셨다

큰어머니의 뒤란

처마 밑 시계 째깍거린다
큰아버지 담배 피우며 뱉는 한숨
앞마당에서 뛰노는 사촌들 웃음

머리에 이고 리어카 끌고
전국을 돌아다니며 팔았던 항아리

일하러 나가 할퀴고 상처 난 자국
굽은 등과 휘어진 다리로
휘청거리며 일궜던 논밭

마냥 젊은 듯 손에서 놓지 않고
골목을 휘저으며 대로도 가로질러
궂은일 싫다 않고
모질게 견뎌 낸 큰어머니

'엄마, 보자기에 싼 건 뭐야'
묻고 물었던 사촌들 머리에
희끗희끗 서리 앉았다

작약꽃 붉게 피어 화사해진

큰어머니 장독대 항아리

손때 묻어 반들반들하다

마당재골

수건을 머리에 묶고 마당으로 나온 시월
퍼 올린 우물물에 손이 시렸지만
숲 소리에 맑아지는 귀와 눈
나무와 나무 사이 그늘에 누웠지요

툇마루가 무너져 수리가 덜 된 집
앞마당 노란 들국화는 나란하고
낮은 채송화는 울긋불긋 색을 알렸지요
채반에 내온 덜 익은 감
이른 국화차는 향기가 부족해도
따사로운 능선은 붉게 물들었어요

능선 저쪽 삶의 순간들이
빈 가슴에 물밀듯 들어와
몇 번이고 공허한 말을 뱉어 냅니다

비가 내려 처마 밑으로 올라서고
마른 마당은 물기에 젖어
말라 가던 풀들이 기운을 차렸나 봐요

마르기도 전에 또 내리는 비
지치고 꼬여 불안한 어제의 일들
촉촉이 안아 주네요

마당재골에서 들리는 소리
괜찮아 괜찮지 괜찮을 거야

그 추억 어디 갔을까

어린 날 우물가
두레박으로 퍼 올린 햇살 가득
노란 바가지로 퍼내어 물동이 가득 채웠지
톡톡 까르르 웃음이 넘쳤어

돌담 흙집 담벼락 위
노랗게 피어 내려다보는 해바라기
시샘하며 얼굴 돌리던 모습
눈 마주치니 어쩌지 하며 속삭였다

울퉁불퉁한 골목길
기우뚱거리며 문지방 넘나들고
둥근 상 펴 놓고
연필에 침 묻혀 가며 숙제하던 아랫목

사십여 년 훌쩍
옛 모습 찾을 수 없이 변해 버린 마을
손짓하며 친구 이름 불러 본다

깨금발 딛고 놀이하던 벗들

그 추억 다 어디 갔을까

안녕을 묻다

바람같이 떠돌다 영혼이 된 아들
제대로 서 본 적 없던 아픈 아이

불광사 사십구재로 촛불 켜고
녹슨 살림살이 뼈를 추리듯
꽉 문 울부짖음으로
대리석에 앉아 손 모으고 빌던 언니

축축함에 눈을 뜬 아침
불경을 중얼거리며
모퉁이를 돌아
터벅터벅 걸어 올라가니

간절한 자비 구하며 연등을 거는 스님
구십사 세 노모의 안녕을 물으신다

갇힌 시간에서 빠져나온
불광사의 사월
독경 소리가 안부를 묻는다

제2부

햇살 닮은 당신

청포도가 익어 간다는
시가 떠오르는 칠월

장마도 함께하고
더위도 함께한다

냉메밀 먹고
영화 보고
맛있는 간식도 먹는다

핸드 드립 커피를 내려
창밖 바라보며
머그잔 들고 서 있는 당신

분홍 장미 향과 함께
하루를 살아가는

햇살 닮은 당신, 쉿

따스한 입김으로

나에겐 작은 떨림
그리움이 풍랑처럼 오네요

떨어진 낙엽 주워 모으며
지난 시간의 몫을 다했는지
슬며시 물으며 오솔길 걸어요

예쁜 미소 하나 들고
숲속에 들어가 귀 기울이며
따스하게 채우는 욕망

속으로 몰래 감추고
종일 화음으로 노래하면
환하게 빛나는 햇살이
낮게 내려앉아요

알 수 없는 어둠 속에서
이름 대신 불러 보는 새색시가
라일락 향기로 속삭여요

부산행 기차를 타다

여고 시절 친했던 친구들과
부산행 기차를 탔다
시간을 거스르는 빛바랜 세라형 검은 교복
여전한 기억 꺼내 본다
우물쭈물 망설이며 쑥스러워하는 여고생들
탈주를 꿈꾸던 욕망의 단발머리였다
날개를 달았다 떨구기도 하는 동안
팬지 분꽃 목련 해바라기로 부르던 애칭
군데군데 부스러기 섞여 있던 생각들
목마르게 미래를 꿈꾸었던 시절이었다
차창 밖을 보고 있던 시선이 창가에 비친다
스물 서른이 뇌고 마흔 쉰이 되었던 세월
진한 향기가 나는 서로의 모습을 본다
갖가지 색의 머플러 목에 두르고 탄
부산행 열차
추억의 깃 활짝 올린 소녀들이
여고시절역에 도착했다

둥지를 찾아서

이불 털어 널기 좋은 날
에어컨 실외기 한켠에
나뭇가지와 흙으로 버무린 둥지
그들의 신접살림일까

베란다 난간에 앉아 있다가
입으로 둥지를 쪼기도 하면서
한참을 머물다 갔다가
다시 와서 앉아 있다

짹짹 먹이 찾는 소리
어미 새 입으로 물고 와
제때 먹이려는 육아 전쟁은
진자리일까
마른자리일까

해 지는 줄 모르는
비 오는 줄 모르는
어미의 고군분투

큰 창문 없어도
밖이 잘 보이는 방
편안하고 조망권 좋은 집

아무렴 어때
머리 누일 곳 찾은
오늘이 길일이지

한 평

아파트 단지 한 평짜리 텃밭에
씨를 뿌려요
너의 이름을 뭐라 지어 줄까

가위바위보
도레미파솔라시도
이랑을 만들어 놓으니
어둠 열리어 그늘을 밀고 나와
새초롬히 돋았어요

여린 싹은 모양을 다르게 품고
얇은 꽃잎은 실바람에 흔들리고

하양 빨강 노랑 갖가지 색으로 피어난
위로와 망각의 꽃이
깊은 눈을 슬프게 해요

길을 잃었나 봐요
샅샅이 헤치고 지나간 자리
베이고 찢기어진 상처

보이는 것을 헤아릴 수 없어요

아물지 않는 용서는 없어
한 평짜리 작은 텃밭에
작은 상처 살포시 내려놓고
친구라 불러요

같은 길

같은 길을 가고 있어요

느릿느릿 목적지도 말하지 않고
말없이 터벅터벅 물어보지도 않고

말 걸지 않고 꿀꺽 삼켜
마음을 감춰 버려요

숨긴 자신이 대단하다는 듯이
꼬여 있는 생각을 머릿속에서 꺼내
저 앞에 기둥으로 세워 버릴까

속울음은 들리지 않아요
저 밑 웅크리고 있는 갈고리쯤이야
금방 꺼내 버릴 수 있는데

겨우 빈손으로 살아가는 날들
목울대 넘기는 멍울도
엎힌 음식처럼 꺼억꺼억

뜨거워지는 머리의 신열
비지땀으로 환장하게 뒤섞여
미련 없이 던져 버리고 싶었을까요

하룻밤인 거지요
냉수쯤은 거뜬히 뒤집어쓸 수 있지요

같은 길을 가고 있으니까요

늙지 않는 여인

눈 감고 불규칙하게 쉬는 숨
노년의 삶을 힘겨워하는 그녀

시계 반대 방향으로 몸통을 회전시키고
흥겨운 음악에 맞춰 차차차 원 투 바이브
열린 모공에서 땀이 줄줄 흐른다

가마솥에 한약재가 끓고 있고
잔디밭에는 담배를 피우는 사람들
거실에선 생사의 대화가 오고 갔다

쓴 입맛에 억지로 삼킨 죽은
식도를 타고 위로 내려가
십이지장 쓸개 췌장 간을 거쳐
대장에서 시커먼 덩어리가 되어
항문 밖으로 쑥

요양병원 침대에 누워 팔동작, 발동작
발을 끌어 바닥을 문지르는 어제와 오늘
마음은 아직도 흥겨운 음악에

차차차 원 투 바이브
그때가 오늘인 것처럼 애달프다

늘푸른행복요양원

서두르지 않아도 되는 길
이른 봄에 손짓을 한다

몸은 말을 듣지 않고
털실로 짠 노란 스웨터는 벗은 지 오래
다 같이 동무되어 보라색 개량 한복을 입었다

넓은 창이 있는 만남의 방에서
'해 저문 소양강에 황혼이 지면……'
애달픈 노랫소리 들린다

호미로 밭맬 때 풍겨 오는 흙내와 등나무에 앉은 새들
의 울음소리와 처마 끝에서 뚝뚝 떨어지는 빗소리를 떠올
리는 오후

흐린 생각으로
아픈 시간 다독이는 손길
이루지 못한 꿈을
되새김질하는 세월이 배부르다

오늘의 리허설이
내일을 흔든다

새들의 식사 시간

찌익 째액 피익 소리에 눈을 돌리니
돌무지에 부리를 꽂는 작은 새 무리
통통통 걸으며 다시 폴짝 휘익 작은 날갯짓

엄마의 부재였나
바람이 불어도 뜨거운 태양 아래
같은 때 같은 장소 같은 허기
그들의 목마른 식사

배고픈 저울질은 눈금이 달라
걷고 달리고 넘어져도 다시 일어나고
채우지 못한 욕망에서 솟구치는 아드레날린
배고파 밥을 구하며 무너지는
어미의 눈물

훔쳐 낸 바람 소리 보듬을 때
젖은 울음이 흘러나온다

차곡차곡 채워야 하는 창고에
작은 손짓으로 불러내는 오후

금계국이 노랗게 피었다

물굽이 산책로

잠비가 내리면 좋을 듯한
소슬비가 내리면 좋을 듯한
그러한 날

바람을 안아도 좋을
이름 없는 길

휘돌아가는 산책로에
서로의 비밀 토닥이는 손
나비처럼 팔랑거리며
살뜰히 함께하는 발걸음

저만치 낚싯대 드리운 이
물푸레나무 그늘 잔잔한 호수에
한가로이 노니는 하얀 새
맑은 하늘 도화지에
하얀 무늬 배경이 된다

잠깐의 쉼터
어느 만큼 팔을 뻗쳐야 닿을까

마르지 않는 습한 마음

뉘엿뉘엿 넘어가는 노을
깃발에 새겨 푸른 물빛에 남기면
기다리고 만나는 산책로
그곳에

그리움 남겨 놓고 옵니다

한탄강 주상절리길

무뎌진 생각을 꺼내 길을 나섰다
끝없이 깎아 내린 기묘한 절벽
벼랑에 걸린 하늘 길
협곡의 숨겨진 전설 들으며 걸었다

계절마다 숨을 쉬는 나무와 나무 사이
절벽과 허공 사이에서
귀향을 꿈꾸는 만남과 이별

베어진 마음은 목마른 앙금일까
저 길 건너면 만월이 된 그곳
허기지고 부서져 갈 수 없어
애타게 부르짖는다
한 번만이라도 건너가게 해 주세요

지우고 싶은 과거 기억에서 일으켜
그래 살아 다시 만나자 당부해도
흩어져 비틀거리는 영혼
어디쯤에서 몸 뉘어 쉬고 있을까

긴 세월 빚어 남겨 준 협곡에서
허공을 꺾는 한탄을 듣는다

바다에 길을 내다

이 밤에 생각나는 바다를
겹겹으로 풀어서 돌아본다

자꾸만 속도를 내야 하는 날
밀린 생각 방향 잡아 태도를 바꾸고
길을 가는 건
어깨에 얹어진 포효였어

잘못된 저녁을 가벼이 벗기다가
멈춰 서서 바라본 바다의 파고
손 내밀어 잡은 바다는 화해의 꽃을 피워
건너편 작은 섬에 등대를 세운다

어둠 속 바다의 푸른 눈
누가 보는지 알아야 하는 건 아니야

가슴에 박힌 가시가 빠져나간 듯
명치에 무겁게 눌려 있는 응어리 내려간 듯
비로소 살펴보는 너의 묵은 상처

한밤중 너른 바다
확확 펼쳐져
속도를 내면서 없애고 있다

아야진 해변에서

이를 어쩌나
밀고 당기는 일상에서 노란 속내를 읽지 못해
3센티 벽을 넘지 못했다
바다와 세상이 분리된 몇 날 며칠

버티지 못하고 문 닫는 일터에서
꾹 다문 입술이 경련을 일으킨다
억지웃음으로 얇아진 하루가 거친 일상이 되고
두터운 밀착은 더 이상 갈 곳이 없다

피곤이 부른 휴가
비 내리는 바닷가엔
속물을 가르는 쾌속정 소리가 들린다
바보 같은 아우성
싸매고 온 거죽은 더 조여든다
한 걸음 뗄 때마다
구석에 웅크린 알몸은 푸른빛을 띤다

머물던 곳에서 기억될 리 없어
굳어진 습관처럼

끝없는 경계를 넘어선다

푸른 파도를 꺾어 내며
허공에 비상등을 켜면
끝이라고 주저하는 성급한 시간들

더하고 빼다가 곱하고 나눈 파도의
턱에 찬 숨소리를
푸른 멍으로 지운다

소록도

아기 사슴 눈 모양의 섬은
그늘이 많고 한적하다
아무 일 없었다는 듯
보리피리 소리가 들린다

뭉그러져 진물 흐르는 손
갈퀴처럼 변형되어 없어져 간다
감각이 소실되고 압통 심해지는 팔다리
유전이 된다는 잘못된 생각에
강제로 아이를 낳지 못하게 하고
낙태와 정관수술까지 시켰다

격리하고 억압하고 차별하고
그렇게 버려진 섬
손을 놓으면 다시 보지 못해
뱃소리 멀어질수록
목 놓아 부르던 가족들

제비선창에서 애환의 역사 듣고
만경당 앞에서 고개 숙여 묵념한다

헌신하며 안아 주고 보듬어 주던 선교사
마가렛과 마리안느
두 분 숨결, 꽃으로 피어난다

울창한 송림의 백사장을 걸으면
죽어서 우는
물새 소리 들린다

그림자만 다녀가다
—형도

서신면 독지리 농로길
작년 가을 찐 고구마를 같이 먹었던 언니와 걸었다

멀리 빨간 지붕이 보인다
슬레이트 지붕, 교회 종탑

조금 내려오니 학교 마당엔 쓰다 버려진 칠판지우개 백묵
털실 자 연필 신발 한 짝 올 풀린 스웨터 낡은 청바지
칠판에 흐리게 남아 있는 친구 이름
'잘 있지? 보고 싶다'

학교를 돌아가면 바다가 보이는 산길
키보다 더 자란 풀숲에서 나는 바람 소리, 흔들린다

배를 타고 가야 했던 섬
바다를 메우면서 차로 갈 수 있는 육지가 되었다

떠나간 이웃, 친구, 흩어진 가족들을 다 기억할까
집을 헐어 버린 곳에 무성하게 자라는 억새

인적 없는 그림자만 다녀간다

제3부

들꽃

갈 곳 잃어
오솔길을 걷습니다
풀숲에서
작게 피어난 얼굴

반겨 주고 돌봐 주는 이 없어도
피고 지며
터를 닦습니다

지나가는 발길에
슬며시 밟혀도
눈을 지그시 감고
견뎌야 했습니다

서로 아껴 주고 마주 보며
함께 피어나
한 송이 한 송이
사랑의 이름으로 기억됩니다

상처를 어루만지다

막다른 길에서 너를 만났다
손에 펜을 쥐고
웅크리고 앉아 땅만 바라보는 너
누구의 질책을 듣고 있는지

마음대로 부르지도 못하고
멍한 눈으로 나를 바라본다
헝클어진 머리와 실핏줄이 터져
붉어진 눈

늦은 시간 돌아오는 발자국 소리
소파에 누워 있던 나는 눈을 감았다
어둠 속에서 냉장고 여닫는 소리
쪼르륵 정수기 물 내려오는 소리

곪아 버린 너의 상처를 어루만지며
손바닥에 받은 햇살을 잉크 삼아
딱딱한 너의 마음에
쓰다 만 편지를 다시 쓴다

어둠과 밝음 어디쯤에서
답을 찾아 헤매고 있는지

가끔은

돌부리에 걸려 넘어지기를
반복하는 날들
무릎이 깨지고
발가락에서 피가 난다

손바닥 상처에 고름이 피어도
별일 아닌 것처럼 일어섰다

가끔은 밝은 햇살이 좋기도 하고
가끔은 어두운 곳이 좋기도 하고

가끔은 울고 싶기도 하고
가끔은 웃고 싶기도 하고

옴짝달싹 움직임 없이
굳어 버린 마음
비우며 버텨 온 시린 시간들

곪은 상처 아무는 날
구부러진 허리

꼿꼿하게 펴지길 기다린다

너에게 머문다

지그재그 성긴 사다리를 타고
돌무지 넘어
덕고개 숲을 오른다

걷다가 작은 돌 집어
돌담 위에 올려놓으면
너와 함께 오르던 이 길에서
버석버석 소리가 들린다

가쁜 숨 몰아쉬며
두 팔 활짝 벌려 달려오다
흘림체 된 너
들끓는 마음의 상처
모두 아물기를

붉은 밤비 내리던 날
벼린 상처 알 수 없는 날
살굿빛 곱디고운
너의 흔적을 기억한다

걱정으로 기울어진 빈자리가
너에게 머문다

위도
―너와 나의 거리

저무는 노을 속에서 잠드는
서해안 작은 섬들
임수도 지나 다다른 작은 항구 파장금항

훼리호 참사 위령탑 앞에 서서
잠시 묵념을 한다

무한한 희생의 대가를 띠배에 실어
안녕과 풍어 기원하니
바위틈 해국도 손 흔들어 위로한다

오늘도 드리운 낚싯대
비릿한 내음 넉넉하게
때 없이 매달린 시름을 삭힌다

멀리 밥섬이라는 식도로 보낼까
솥뚜껑 모습의 정금도로 보낼까

깊은 얼굴 그려지는 깊고 푸른 빛
한 뼘도 안 되는 너와 나의 거리에

시큰한 콧날

하염없는 기다림이
맨발로 뒷걸음질한다

생존형 스쿠터

아무래도 나에겐 눈길을 주지 않아
다른 일거리를 찾는다
겹치는 일을 해도 설 자리 없어
모르는 일도 해야 한다
나를 필요로 하는 곳엔 어디든 직진

초록색 조끼 입고 일하는 편의점
새벽 꽃 시장에서 빌라 도배 일터에서
주말이면 캠핑장 알바로 마무리하는 너는
일머리를 잘 아는 사람

가끔은 제육볶음으로 한 끼 식사를 하지만
익숙한 건 편의점 삼각김밥
한 끼 정도는 빵과 우유로 대신한다

그래도 젊음은 힘
철봉에 매달려 팔근육을 자랑한다
엉뚱하게도 없는 것이 행복하다는 너는
머리에 노란 비니를 뒤집어쓴
곱슬머리 청년

단단한 내일이 자란다

열병 일기

머리카락이 바닥에 떨어져 흩어져 있다
편두통이 쥐어짜듯
다그치는 소리

핏기 서린 눈은 까맣게 변해 가고
잘려 가는 머리는 뚝뚝 눈물을 흘리는데

소파 방석 위 바퀴벌레는 배를 내놓고
천장에서 쏟아져 내린 듯한 서류 더미
텅 빈 둥지엔 뿌연 먼지만 쌓였다

일과 일 사이
거짓과 진실 사이
김밥 하나를 입에 넣으며 기다렸다

꿈속이었던 지난 시간
영혼까지 끌어모아 집이 되었는데
꽃이 피어도
별이 반짝여도
오르는 이자에 잦아드는 열병

시린 마음 지쳐 간다

철망에 갇힌 듯
벗어나고 싶은 시간의 단내가 진동한다

수술실 앞에서

알람이 울린다 오후 세 시
명희의 수술을 기다린다

손으로 만져졌다는 귀밑 작은 멍울
서서히 통증이 시작되었다
얼굴 떨림이 심해질 때쯤 찾아간 병원
'수술하셔야겠어요'

녹록하지 않았던 일상
아이들이 어리다고
어른들 수발로 시간이 없다고
팽팽하게 조인 하루하루를 살며
애써 위안 삼았다

입원하는 날
쉬고 싶다 낮게 읊조리던 말

늦여름 수술실 앞 네 시간
참으로 길고 더웠다
'수술 끝났습니다 보호자 분'

한숨 섞인 기다림
가슴을 쓸어내리는
안도의 숨이 빠져나갔다

삼 일 내내 비가 내렸다

잊지 말라는 부탁입니다
잊지 말아 주세요

흰 국화꽃으로 둘러싸인
검은 리본 액자 속에서
활짝 웃고 있는 너

금방이라도 뚜벅뚜벅 걸어 나와
내 이름을 부를 것만 같은데
들풀 같던 이십육 년을
후적후적 뒤로 밀어 버리고
황급히 떠났구나

피우지 못하고
영글지 못하고
의식 없이 잠자던 서른여섯 시간
삼 일 내내 비가 내렸다

오늘도
빗소리가 들린다

곡哭 소리가 들린다

사선 위의 날들

훌쩍 젊어지고 싶은 날이지만
팔자 미간 이마엔 주름이
눈두덩이엔 처진 살이

눈은 더 작아 보여도
나이는 더 들어 보여도

윤이 나는 내가 필요한 건 아니야
끌어올려 잡아당기는 힘
중력을 거스를 순 없어

봄이 지나가고
가을이 깊어 갈 때
점점 농익어 가는 숨결
가파른 절벽도 완만했어

휘 돌아가는 날
발밑에 할미꽃이 보였어
소리 없이 낮은 자세

오늘도 내일도
사선 위 소복한 날들
숨을 쉬듯
쏟아지는 햇살이 비추고

붉은 매화

손가락 마디마디 상처의 물결무늬
너의 선율은 늘 꽃길이었어

너는 불안한 사막을 지나다가
이승에서 약속을 지키지 못하고
깊은 신음으로 허덕이며
무덤 속으로 갔지

낮은음과 높은음 사이에서
한 줌 재가 된 너
역류하듯 떠나간 너는
붉은 악보를 나에게 주었지

처음부터 그 길이 아니었다고
흥분과 냉정 사이의 현실에서
채찍을 휘두르지 못한 채
눈물의 고통으로 남겨 놓은 길

사월 해 질 녘 운무 속에서
붉은 매화를 연주한다

그래도 사는 거야

야무지게 버티려 해도 주어진 건
그것 밖이라
얼기설기 꼬인 실타래로 조인 허리
가슴 치는 날이 더 많다

신용카드는 리볼빙으로 돌아가고
사채 캐피털 연체 줄줄이 엮인 부채
경매 통지서 날아들어 목을 죄는
돌고 돌아 막다른 골목

헛물켠 세월에 버무려진 한숨
빚으로 변할 날이 언제려나
지옥 같은 열차여
차고 넘치는 황금 열차가 되어 다오

거품에 허풍에 손사래 치는데
누구도 책임지지 않아
속 터져 흘린 피만 흔적으로 남는다
그래도 외면하지 말아 다오
오늘 또 살아야 하니까

내일을 찾는 그녀

강아지 두 마리 데리고 급하게 눈짓하는 그녀
파고드는 추위에 마스크 언저리는 김이 서려 있고
낑낑거리는 강아지 쓰다듬던 손은 부들부들
눈두덩엔 시퍼런 멍 자국
불안한 호흡은 크게 부푼 풍선 같았다

따뜻한 봄이 오면 간다던 이사
추운 겨울 손을 호호 불며 발을 동동 구른다
책을 묶어 헌책방에 지폐 두 장과 바꾸고
중고 마켓에 옷을 판 후 알뜰 살림방에 가전도 넘겼다
그릇이며 장롱이며 얼렁뚱땅 정리하고 남은 건
물을 마실 수 있는 크림색 정수기뿐

거실 바닥엔 물기 남아 있는 수건 한 장
시퍼런 멍 자국에 발그레 살굿빛 돌아도
꼬리표처럼 따라다니는 렌털 비용
성실하게 일한 대가라 말할 수 없는 오늘이
따뜻한 차 한잔 마시며 내일을 찾는다

너를 아직 다 읽지 못했다

작은 화분의 장미가 삼 년째
노랗게 아주 노란색으로 피고 있다
노란 장미에 겹쳐 떠오르는 얼굴

빈 그네에 앉아 발을 굴려 보면서
밀어 주는 이 올까 하루에도 여러 번
나무 위에 앉아 답을 하는 때까치
이름을 불러도 답이 없는 편지

놀이터 시소 타다가 밟은 모래 위
발등에서 멈춘 개미 한 마리가
쉼 없이 쓰는 한 자 한 자

너를 아직 다 읽지 못해
내 안에 붙들어 놓은 너
앉아 있는 그 자리가
너와 나의 도서관이 되었다

생맥주

너로 인하여
수없이 끓어오르는
감정이 삭아 내린다

번쩍이지 못하고
흔들리는 아우성
빗장 풀려 가라앉은 오늘

침전되어 내린 마음
알코올 농도 7도
생맥주 한 잔 500cc에
내가 젖고 있다

투명한 잔에 담긴 너와
둥그런 탁자 위
말라비틀어진 새우깡

맥줏집에 홀로 앉아
수없이 오르내리는 거품을
다스리고 있다

제4부

맑음 에스테틱

은은한 조명 포근한 실내
잔잔히 흐르는 음악
누우세요, 조금 더 위로 올라오세요

일주일 아니 한 달에 한 번쯤
지친 일상 케어받으러 간다
뭉친 어깨도 풀어 주고
찌들어 까칠해진 각질 제거해
새살 돋게 하는 맑음 뷰티 케어
환한 웃음이 피어난다

소곤소곤 엉킨 실타래 푸는 수다
림프의 돋아난 싹은 부서지고
아픔은 소멸되어 둥둥
구름 위를 걷는 듯하다

거울을 보세요
고주파로 처진 탄력 끌어 올려 주고
늘어진 일상은 당겨 주는
여기는 맑음 에스테틱이에요

74번길

존 바에즈의 솔밭 사이로 강물은 흐르고[*]
바람 소리는 74번길에 멈춘 날
그냥 맨발로 걷고 싶었지요

길모퉁이 돌아 꺾인 곳
카페 & 레스토랑
청포도 에이드와 자몽 에이드의 조화
작은 화병의 노란 라넌큘러스 버터플라이가
사랑스럽게 유혹합니다

카르보나라 한 접시
에스프레소 한 잔

침묵과 어둠의 배경 음악을
빙빙 돌려 가며
푸른 인연의 꽃을 피웠어요

창밖에 보이는 갈대가

축가를 강물에 띄웁니다

* 〈The River In The Pines〉: 1960년대 자유와 평화를 노래한 미국 가
수 존 바에즈의 대표적인 노래.

카페 라방드

항공 샷을 외치며 사진을 찍어요
오픈카 달리는 해변가
미끄러지는 활주로에 밝은 웃음이 날아요

백 년의 사랑 찾아가는 길
서로 손을 잡아요
온전히 내 편으로 돋아나는 싹
허락되는 곁눈질이
매듭짓는 미소가 되네요

첫 설렘은 들켜도 되는 떨림
변치 않는 연리지로
서둘러 흐르는 시간 하나로
한 번도 가 보지 않은 길에서
서로 밀어 주며
서로의 눈에 혼을 넣어요

한 송이 장미가 언약으로 피어나
맑은 햇살을 손잡고 우주를 품어요

너를 챙기는 오후

쉬지 않는 발걸음에
문이 닫히기 전 도착한
앞마당 사월은 꽃잔디로 가득합니다

흐트러진 옷깃 가지런히 잡은 손
지척에서 부르는 소리 듣지 못해도
느릿느릿 온몸으로 반깁니다

버석거리는 시간을 안다는 듯
어둠 속 잊어버린 기억을 찾았다는 듯
눈을 깜빡거리고 머리를 흔들면서
빈 가슴에 따뜻한 말을 채웁니다

너를 챙기는 오후
남은 생을 깁고 수선하는
넉넉한 삶을
펼쳐진 날개에 새겨 넣습니다

기억 회로 장치

바람 가득 품은 스카프가
온 세상 감싸안을 때
접시에 담긴 에그타르트를 바라보며
차 한 모금 입에 머금은 날

유리창 너머 보이지 않는 손
먼지 쌓인 바닥에 신문지를 편 채
해진 이불 덮고 웅크리고 있는 사내
터벅터벅 발걸음 소리에
눈을 뜨고 바라보네요

가고 있는 널 부르지 못한 것은
멈춰 서서 눈물 흘릴 거 같아
그 기억 지우지 못한 탓
구긴 서류 펴지 못하고 무릎 꿇은 건
아직 너의 공간이 남아서라고

기다린다는 말조차 부담될까
산다는 건 곧 오늘이라며
그 마음 꾹 눌러 묵묵히 견디면

눈을 뜬 너 손을 내밀어
당찬 답을 찾아요

뒤돌아 가야 하는 발걸음
군데군데 고장 난 지난날이
그러므로* 카페에 앉아
기억 회로 장치를 고치고 있어요

* 카페 이름.

샘들길

도란도란 이야기 나누는 샘들길
아파트 입주하며 새로 생긴 친구지요

낯선 이야기
어려운 이야기
시린 이야기
아픈 이야기

끝없이 쏟아 내도 다 들어 주네요

개나리꽃이 노랗게 반겨 주고
아카시꽃이 향기로 오라 하고
담쟁이가 울긋불긋 색을 바꿀 때도
길옆 흐르는 신기천은 다 듣고 있어요

생채기 되어 접힌 마음
응어리 되어 배회하는 그림자
모두 안아서 위로해 주네요

봄 여름 가을 겨울

발걸음 가벼운 샘들길

찌개 공예

처마 낮은 슬레이트 지붕
풍성식당에서 콩을 삶는다

열 살부터 밥을 짓고
새참 들고 논밭을 다니고
동생 돌보며
살이 탈 것 같은 뙤약볕 아래에서 불을 지펴 솥뚜껑에 전
을 부치고
밀가루 반죽하여 둥근 쟁반 위에 빵을 찌고
어둑어둑 저녁이 와
굴뚝에 연기가 오르면
손에 밴 음식 냄새 씻어 내며
아픈 다리 마루에 올리는 고단한 일상이었다

너무 빨리 어른 되어 언니로 아내로 엄마로 살았는데
너무 일찍 떠나간 남편과 아들
그 큰 빈자리를
철철이 몸으로 부딪치며 살아야 했다

정읍역 앞 풍성식당

주방에서 콩을 띄운다
장을 거르고 끓인다

가족 같은 이웃으로 사는 손님 얘기 들어 주며
저물녘 엄마처럼 안아 주고 품어 주는
이모가 되어
찌개 공예를 한다

조문 빌라 101호

맹세를 모르는
스물넷 그녀는 볼이 붉었다

붉은 장미를
노란 프리지어 꽃병에 꽂았다
푸른 수국 심어 정원 만들고
욕망으로 비너스를 조각하며
바로크를 꿈꿨다

다섯 해 여섯 해 스무 해

나무토막으로 성을 쌓다가
빛을 잃고 날개가 꺾였다
묵언으로 바늘꽃을 끌어안으면
가시 돋친 잔과 깨진 유리 파편이
그의 수단이 되었다

성긴 손가락이 흔적을 새길 때
긴긴 다툼 끝에 비상구처럼 품은 아들딸
그녀의 나이테가 성스럽게 지켜 낸

조문 빌라 101호

그녀는 다시
맑게 푸르게 하얗게
비너스를 조각한다
바로크를 꿈꾸지 않으면서
시간을 여닫는다

조명 없는 집

백열등 꺼져 어두운데
엉겅퀴 보라색이 눈에 띄었어
봄맞이 일거리를 챙겨야 할 때
아무 일 없는 것처럼
설익은 문장을 공책에 써 내려갔지

비 오는 날 굴참나무 아래서
먹이를 쪼아 먹는 동박새
부리 들어 허공을 쪼다가
비에 젖어 푸드득 날아가는데
궁금해도 바라만 보고 있었지

새와 별의 나들목인 굴참나무
주변에 사방으로 펜스가 쳐져
정처 없는 길 어디로 가야 할까
헐려 버린 건물의 보금자리는
추억 속의 어제가 되었다지

헛된 욕심 돌고 도는 세상
눈으로 먹는지 입으로 먹는지

하룻밤 사이 온데간데없이 사라지는 집
누구 주머니가 두둑해졌을까

혼기 가득한 세 아이 등에 지어진 거미집
밤새 결리는 어깨가
무거운 걸림돌처럼 저린다지

피우지 못한 꽃

볼륨 높은 이웃집 텔레비전에서 노랫소리 들리고
눈 화장 짙게 한 여자가 앞집에서 나오고
아랫집 남자는 휴대폰 만지작거리며 1층 현관에 서 있고

커튼으로 가려진 이웃집 창에서 아이 울음 들릴 때
깊은 잠에서 깨어나
일할 곳 찾으려 스마트폰 속에서 헤맬 때

가야 할 길 멀어도 허물어지지는 말자
유약해진 마음을 지탱하는 단단한 마음 근육으로
공허의 어둠 견디어 봐

캄캄한 방 창살에 숨이 막혀도
어설픈 핑계로 불어나 두툼하게 쌓인 허물
덥고 습한 기운 견디기 위해서라면
천 번이라도 빌어 본다

알 수 없는 너를 향한 애착
몇 걸음 밖 앉아야 할 곳이 보인다
구태여 말하지 않아도 잃어버린 하루

피우지 못한 꽃 여기 있다

다비움 산장

얇은 습자지처럼 뽀얀 안개
아른아른 피어오르는 아지랑이
얇은 살얼음 사이로 물이 청아하게 흐를 때
수줍은 듯 깨금발 딛는 살구나무

웃자라 뜨거운 열기에
뻐꾹새 울음 한가로이 돌팔매질하고
바람처럼 쏟아지는 햇빛은 감자밭에 흰 꽃을 피운다

는개비가 뒤섞이며 녹음이 짙어지는 산기슭
여름과 가을 사이 낮과 밤 키 맞추는 산길

짙은 녹음이 붉거나 노랗게 변하고
들꽃과 바람은 서로 냄새를 맡을 때
그림자 밟아 가며 내려앉는 낙엽들

뒹구는 산그림자에 피어나는 서설
텅 빈 들판의 흰 눈 속
연기마저 보이지 않는 산장

정처 없이 돌아온 지금
처음도 끝도 순간이었다고 되뇐다

달빛의 속울음

골목 어귀 느리게 걷는 개 한 마리
사람 사는 소리가 들리지 않는다

이 집 저 집 이사 간 흔적으로 어수선하고 음산하다
살다 버려진 집들 쓰다 부서진 서랍장 옷가지 잡동사니
오래된 냉장고 세탁기
주방 도구들 손잡이 뚜껑 따로따로
널브러져 있다
이 골목 저 골목 격렬한 전쟁이 휩쓸고 갔다

담벼락에 새겼던 어릴 적 낙서
작은 웅덩이에는 버려진 공책
어른들의 잔소리를 듣던 시절
깨진 접시 집어 드는 구부정한 할머니의 쉰 가래소리가
들린다

달빛이 속울음처럼 내리는 먼지 가득한 점포
떠나라 던져 준 이주비는 턱없이 모자랐다

이사 못 가는 아저씨는

이래저래 갈 곳 없어
담배만 한숨처럼 물고 있다

시린 듯 아픈 듯

녀석은 투명하게
시린 듯 아픈 듯 주춤거렸어요
새벽 오기 전
덩그러니
내게서 자신을 걷어 내었지요

소리를 내며
둥근 허리를 감싸안아 밀치면서
고요를 말하였지요

힘이 들어도
손을 잡아도
떨쳐내는 두려움
까만 눈동자는 어설프게 흔들려도
자주 깜빡이며 길을 찾았지요

저만치 혼자 가네요
막힘 없는 부지런함으로
갈고닦는 내일

가슴에 파고드는 햇살이
빠르지도
느리지도 않는

해조음을 듣다

제주 우도봉 아래 작은 해변
검은 모래라는 검멀레에서
거센 해조음을 들었어요

세월이 깎아지른 후해 석벽 아래
오백 명 후손을 본 설문대할멍이
놀다가 쉬다가 가라 했지요

바람이 세차게 때리는 협곡
밀물에는 검은 콧구멍이
썰물에는 붉은 콧구멍이
컴컴한 동굴에
해녀들을 내려놓았어요

동굴에 하나둘 쌓아 올린 돌탑
노을에 젖어 불려 간 슬픔
고인 신음이 몸을 데워
등고선을 그릴 때

거센 해조음을 휘모리장단 삼은

검멀레 노래가 들려요

긍정의 일상과 가족 제재, 그리고 어법과 구성의 특징

공광규(시인)

1.

민선숙 시인은 1999년 등단했다. 어려서부터 문재가 있었던 그는 군포문인협회, 수리시 낭송회, 팔색조 동인으로 활동 중이며, 그동안 『네 장의 삽화』 『사막을 걷는다』 등 공저를 출간했다. 그는 오래전부터 시를 창작했으나 시집 출간을 미루어오다, 마음을 내어 등단 25년여가 지나 첫 시집을 내게 되었다.

그의 시 특징은 몇 가지로 갈래지을 수 있다. 첫째는 가족 제재다. 그의 시에는 가족 제제 시가 다수 보인다. 아버지와 어머니, 딸과 아빠, 그리고 아들과 큰어머니, 이웃에서 식당을 운영하는 모자 등이 등장한다. 시인의 생애 초기인 어려서부터 정서적 유대를 같이 한 가족이 시에 자주 등장하는 건 당연한 일일 것이다. 두 번째 특징은 긍정의 일상이다. 그의 시에는 충실한 일상이 읽힌다. 그는 많은 부분 일상에서 시제를 가져오며, 일상에서 만난 사물과 사건을 긍정으로 마무리한다. 그리고 세 번째 특징은 문장에 드러나는 어법과 구성이다. 그는 많은 시편에서 서술형 어미를 통해 청자에게 소통을 구한다. 또 의미의 적층과 어휘의 열거를 통해 시와 문장을 구성한다.

   2.

   대개의 개인은 어려서부터 부모와 형제, 조부모 등 동일 가구 안에 거주하는 구성원들과 정서적, 물리적 접촉을 통해 심리와 인격이 형성된다. 그리고 자신의 자식들과 정서적 물리적 접촉을 통해 어느 정도 다음 세대에 영향을 끼친다. 민선숙의 시에는 가족이 자주 출현한다. 이를테면 「안녕을 묻다」「큰어머니의 뒤란」「너무 늦어 못 부르는 노래」「햇살에 기댄 어깨가 들썩거리는 오후」「아버지를 꺼내다」「칠월 그날」「어머니의 엷은 미소」「삶의 온도를 맞추다」 등 상당수다.
   시 「햇살에 기댄 어깨가 들썩거리는 오후」를 통해 화자의 아버지가 세상을 "너무 일찍" 떠난 정보를 알 수 있다. 시인은 "가뭄에 콩 나듯 했던 일자리/ 바닥에 닿지 않는 발바닥에/ 땀방울 맺히면/ 이 길 저 길 물꼬를 터서 달렸다"며 아버지의 삶을 암유한다. 누구나 할 것 없이 식민지와 전쟁을 거친 절대 가난 시대를 '물꼬'를 트듯 살아낸 아버지가 겪어낸 고단한 살림살이가 되비친다.

이런 고된 삶을 산 화자의 아버지는 「너무 늦어 못 부르는 노래」에 나타나듯 "육십 년 전 정월 스므 이렛날/ 점심 먹고 잠깐 누워 쉰다"면서 "돌아누워 잠든 듯이 떠나"간 것이다. 당시 서른셋의 엄마는 "넋 놓고 먼 산만 바라보았"다. 남겨진 다섯 남매는 엄마를 중심으로 "아궁이 앞에 옹기종기 모여" 자라게 된다.

비가 오고 아지랑이가 핍니다
기억 저편 서랍
움푹 들어간 눈, 입가엔 옅은 미소
제삿밥 올리니 아버지 오셨어요

매년 같은 날 다른 모습
어려서 꽃신 신은 기억은 세월 지나 가물가물
낡은 흑백사진 보며 아버지를 꺼냅니다

(중략)

걱정스러운 듯
사진 속에서 내려다보는 아버지
이승의 버거운 일상에 붉어지는 눈

늙은 어머니
거친 손으로 향 피웁니다

—「아버지를 꺼내다」 부분

안 보면 멀어진다. 더구나 이승과 저승의 거리는 측정 불가여서 아무리 노력해도 만나볼 수 없는 거리다. 죽은 자는 산자의 머릿속에 있다가 점점 기억 속에서 멀어진다. 희미해진다. 그러다가 죽은 자와 공유했던 어떤 사물이나 사건을 만나면 잠시 기억이 돌아왔다가 사라진다. 그래서 인류는 조상에 대한 기억을 소환하는 제사 문화를 제도화했다.

시 「아버지를 꺼내다」는 아버지 제삿날 풍경을 진술하고 있다. 기억 속 어느 봄날을 떠올리게 하는 비 오고 아지랑이 핀 날과 움푹 들어간 눈과 미소 띤 입 등 아버지에 대한 인상을 회고한다. 죽은 자는 살아남은 자가 판결한다. 판결 내용은 기억의 범주를 벗어나지 못한다. 또 화자의 당시 감정에 따라 기억은 선택되고 왜곡될 수 있다.

그래서 돌아가신 화자의 아버지는 매년 같은 날이지만 다른 모습으로 화자에게 온다. 기억은 화자의 심리와 시간에 의해 확장과 축소를 거치면서 탈색된다. 화자가 어려서 꽃신을 신은 기억이 그렇다. 시간에 의해 탈색된 기억은 가물

가물하다. 이승에 아내와 자식을 두고 일찍 세상을 뜬 아버지는 사진 속에서 "버거운 일상을" 살고 있는 식구들을 내려다보며 눈이 붉어지기도 한다.

　서른셋에 남편을 잃은 어머니의 삶은 지난할 수밖에 없다. "거실 한쪽에 놓여있는/ 낡은 서랍장과 미싱/ 한숨으로 기워진 눈물이/ 쇠잔한 엄마의 손등에 박음질되었다"(「너무 늦어 못 부르는 노래」)는 문장이 생의 고난을 함축한다. 시「칠월의 그날」은 어머니의 말년의 모습과 화자의 어머니에 대한 그리움을 잔잔하게 진술하고 있다.

　　페암이라는 의사 진단에도 무덤덤
　　손에 쥔 묵주 돌리며
　　이쪽저쪽 상처 쓰다듬어주던 어머니

　　흐리다 비 내린 날
　　칼국수 집에서 쌓인 속내 풀어놓으며
　　먼 길 떠난 어머니가 부른다 했다

　　(중략)

　　먼 길 떠난 어머니가
　　어젯밤 꿈속에 환한 얼굴로 찾아오셨다
　　여전히 묵주를 돌리며 기도하는 모습

변함없는 그 사랑 그리워

칠월의 뜨거운 눈물 삼킨다

―「칠월 그날」 부분

　묵주를 돌리며 병이든 죽음이든 운명을 의연히 받아들이는 어머니의 모습이 문장 속에 담담하게 자리하고 있다. 이런 어머니는 저세상에 가서도 화자에게 꿈으로 찾아와 환한 얼굴로 묵주기도 하는 모습을 보여준다. 죽어서도 딸을 찾아오는 모성과 어머니를 그리워하는 딸의 눈물이 사후까지 이어지는 모녀지정이 잘 나타나는 시다.

　시 「어머니의 엷은 미소」에서 화자는 잊고 있었던 어머니 얼굴을 커피잔 속에 비친 자신의 얼굴에서 떠올린다. "비포장 길을 걸어간 유월의 산사/ 어머니 영정 사진이 보였어요" 이렇게 어머니 얼굴에서 산사에 모신 영정 사진, 수건을 두르고 모내기하던 모습까지 떠올린다. 엄마가 된 시인은 다른 시에서는 모성의 시선으로 모자지정을 진술하기도 한다.

　시 「안녕을 묻다」는 세상에 제대로 서본 적이 없이 "바람같이 떠돌다 영혼이 된 아들"을 슬픔이 가득한 모성적 감정으로 기록한다. 「체인지업」은 이름을 외래어로 바꾸어가는 아파트 이름과 이를 읽어내지 못하는 늙어가는 엄마가 "보고 싶은 아들이 사는 곳"이지만 쉽게 들어가 보지도, 아들 얼굴을 보지도 못하는 세태를 풍자한다.

3.

　생업의 과부하로 과장되는 일상, 즉 일상에 충실한 민선숙 시의 제재는 많은 부분 일상에서 온다. 그리고 그가 진술한 일상의 많은 사물과 사건은 긍정으로 마무리된다. 문장이 그 사람인 것을 생각하면 시인의 긍정적 심리와 심성이 문장에 발현되는 사례다. 아무튼 그의 시어와 시어를 통해 은유하는 메시지의 결과는 밝고 맑고 건강하다.

　이를테면 시 「새들의 식사 시간」에서는 엄마가 부재한 작은 새 무리가 "목마른 식사"를 하는 모습과 "배고파 밥을 구하며 무너지는/ 어미의 눈물"을 진술한다. 그러나 시는 "금계국이 노랗게 피었다"는 화사하고 환한 단정으로 끝맺는다. 새끼나 어미 할 것 없이 부재와 목마름, 배고픔과 눈물이 진술되다가 환한 금계국으로 시를 끝낸다. 긍정적 마무리다.

작약꽃 붉게 피어 화사해진
큰어머니 장독대 항아리
손때 묻어 반들반들하다

—「큰어머니의 뒤란」 부분

서로에게 바람이 불어 젖었다 말랐다
먹구름 거두어 흰 구름 되니
도란도란 아이들 웃음소리

꾹꾹 누르면 살아온 눅눅한 날들

서로 얼싸안는 오늘 밤

달빛 소나타 들으며 행복을 꿈꿔요

—「혼수 AS」 부분

시 「큰어머니의 뒤란」은 인생의 뒤란에 대한 긍정적 발견
이다. 사촌들의 웃음 뒤에는 큰어머니의 억척이 있다. 이를
테면 "마냥 젊은 듯 손에서 놓지 않고/ 골목을 휘저으며 대
로도 가로질러/ 궂은일 싫다 않고/ 모질게 견뎌낸 큰어머
니"다. 장독대는 집 안의 뒤란에 있다. 뒤란은 사람 삶의 뒷
모습에 대한 은유다. 장독대를 둘러싼 화사한 작약꽃과 손
때가 묻은 반들반들한 항아리는 지난한 생이었지만 잘 살았
다는 큰어머니에 대한 비유적 찬사다.

시인은 「혼수 AS」에서 손가락과 손바닥에 굳은살이 박
히고, 휴일과 휴무를 모르고 일한 결과 어린 아이들과 새집
으로 이사한 사건을 밝고 맑고 환한 문장으로 진술하고 있
다. 시인의 표현대로 젖었다 말랐다 하는 일상의 연속이 인
생이다. 먹구름이 끼었다 흰 구름이 오는 것을 반복하는 것
도 인생이다. 자신을 누르며 살아야 하는 눅눅한 날도 있
는 게 인생이다.

일상 경험을 통해 인생의 원리를 체득한 시인의 생각이
인물들의 삶을 통해 적실하게 표현되고 있다. 이런 지난한
삶의 결말은 아이들의 웃음소리가 도란도란 들리고, 가족

들이 서로 얼싸안으며 삶의 희열을 느끼고, 행복이 "달빛 소나타"로 승화되는 서정의 광휘 속으로 휩싸이게 한다. 민서숙은 행복한 가정이 천국이라는 누군가가 내린 명제를 구체적 진술로 보여준다.

욕조에 카페트를 넣고 세제를 풀었어요

종아리까지 바지 걷어 올리고

밟고 밟아 난간에 걸쳐 놓았더니

지켜보던 낭이가 물속에 첨벙

거품은 금방 낭이를 덮었어요

안간힘 쓰며 이리 뛰고 저리 뛰다

순간 불끈 힘을 주더니 순순히 손을 내밀어요

융숭한 대접을 기다리는 카페트

흐린 날 너무 천천히 말라

건조기 돌려 다시 펼쳐 놓았어요

카페트 위에 앉아 나눈 속내와 정

틈이 나고

모가 나고

성이 난 말

고르게 펴 말렸어요

카페트 잘 마르고
가족 속내도 뽀송뽀송
오늘은 맑음이었다지요

─「카페트 빠는 날」 전문

마지막 연, "카페트 잘 마르고/ 가족 속내도 뽀송뽀송/ 오늘은 맑음이었다지요"로 빛나고 맑게 마무리되는 이 시편은 정치하고 활달한 묘사가 일품이다. 민선숙의 많은 시편이 이처럼 사물이나 사건을 묘사하는 데 성공하고 있다. 그의 시에는 잘 그린 그림처럼 사물의 모습과 인물의 행위가 도드라지고 생생하게 드러난다.

1연은 화자가 욕조에 카페트를 빨고 고양이가 물속에 빠지는 광경이 눈에 잡힐 듯 선하다. 3연은 가족들이 "카페트 위에 앉아 나눈 속내와 정/ 틈이 나고/ 모가 나고/ 성이 난 말"을 나누었던 것들을 빨아 고르게 펴 말린다는 중의적 표현을 통해 시성을 획득한다. 가정이 굴러가면서 일어나는 다사다난한 사건들을 긍정으로 마무리한다.

시「일요일 아침」역시 마무리가 맑고 건강하다. "끊이지 않는 일요일 웃음소리/ 오빠 동생 아빠에게 왕관을 씌워주는 딸/ 온 가족이 검사 맡는 일요일 아침이에요" 심상이 아침 햇살처럼 밝다. 지상의 천국을 찾으라면 바로 시인의 집에 있을 것 같다. 이 천국의 주변에는 여러 가지 생물들이 소란스럽게 아침을 맞이한다. 이 자연의 소란스러운 생명의 광휘 속에서 가족 일원은 "생각을 깨워 서로 삐친 얼굴도

웃게 만”들고 “씻고 썰고 지지고 볶아 카레 짜장을 만들고/
감자 호박 썰어 보글보글 된장국”을 끓인다.

긍정으로 결론을 맺는 시들이 많이 보인다. 시 「부산행
기차를 타다」와 「둥지를 찾아서」와 「새들의 식사 시간」 같은
시들이다. 시인은 여고 시절 친했던 친구들과 부산행 기차
를 타고 생활의 “진한 향기가 나는 서로의 모습”으로 각각
의 “색의 머플러” 같은 삶을 인지한다. 이들은 늙어서 주
름진 마음으로 지나간 세월을 안타까워하지 않는다. 즐겁
게 “추억의 깃 활짝 올린 소녀들”의 모습으로 “여고시절역
에 도착”한다.

옛 농경 사회나 요즘의 아파트 도시에는 참새, 비둘기 외
에도 다양한 새들이 살고 있다. 아파트, 공원, 길가 등에서
관찰할 수 있다. 모 텔레비전 프로인 《세상에 이런 일이》를
보면 인구가 집중된 도시에서 볼 수 있는 새들이 에어컨 실
외기나 처마에 둥지를 틀고 사는 것을 여러 차례 볼 수 있
다. 참새와 비둘기 외에도 박새, 쇠박새, 곤줄박이, 딱새,
붉은머리오목눈이에서부터 황조롱이까지 다양하다. 필자
가 아는 시인은 자신의 아파트 에어컨 실외기에 집을 짓고
새끼를 낳고 기르는 황조롱이를 제재로 시를 연작으로 써
서 발표하기도 했다.

민선숙은 자신의 아파트 에어컨 실외기에 둥지를 튼 새에
게 자신의 내력을 투영한다. 새를 통해 신접살림과 육아를
떠올리고, “해 지는 줄 모르는/ 비 오는 줄 모르는/ 어미의
고군분투”를 상상한다. 새 둥지가 있는 곳은 “큰 창문이 없

어도/ 밖이 잘 보이는 방/ 편안하고 조망권 좋은 집”이다.
시인은 “머리 뉘일 곳 찾은/ 오늘이 길일”이라고 긍정한다.

　　4.

　　대화는 두 사람 이상이 의사소통을 위해 말을 주고받는
것을 뜻한다. 두 사람 이상이 모여 화자와 청자가 되어 서로
말을 주고받는 것이다. 민선숙은 시에서 화자로서 청자인
독자에게 말을 건다. 청자인 독자는 화자인 시인이 던지는
말을 따라가며 시인의 의도를 읽어낸다. 대화 어법의 시에
서 가장 효과적인 방법은 종결어미를 어떻게 사용하느냐가
관건이다. 민선숙은 다수의 시에서 종결어미에 ‘~지’ ‘~어’
‘~요’를 사용해, 독자의 반응과 참여를 촉진한다.

　　　도란도란 이야기 나누는 샘들길
　　　아파트 입주하며 새로 생긴 친구지요

　　　낯선 이야기
　　　어려운 이야기
　　　시린 이야기
　　　아픈 이야기

　　　끝없이 쏟아내도 다 들어 주네요

개나리꽃이 노랗게 반겨주고

아카시꽃이 향기로 오라하고

담쟁이가 울긋불긋 색을 비꿀 때도

길옆 흐르는 신기천을 다 듣고 있어요

생채기 되어 접힌 마음

응어리 되어 배회하는 그림자

모두 안에서 위로해 주네요

봄 여름 가을 겨울

발걸음 가벼운 샘들길

—「샘들길」 전문

   사람과 아파트 샘들길이 소통한다는 것에서 발상을 한 시다. 시인은 샘들길에 인격을 부여한다. 샘들길은 화자가 낯설고 어려우며, 시리고 아픈 이야기를 끝없이 쏟아내는 대상이며, 화자에게 상처와 응어리진 마음을 위로해 주는 주체다.

   다른 시 「어머니의 엷은 미소」에서는 "잊고 있었어요/ 커피잔 속에 비친 얼굴"로 문장을 도치한다. 먼저 청자를 향해 자신이 잊고 있음을 말한 뒤 '~을'이라는 목적 구문을 보여준다. 시 「사선 위의 날들」에서는 "윤이 나는 내가 필요한 건 아니야/ 끌어올려 잡아당기는 힘/ 중력을 거스를 순 없어"라고 한다.

　시「그 추억 어디 갔을까」에서는 "어린 날 우물가/ 두레박
으로 퍼 올린 햇살 가득/ 노란 바가지로 퍼내어 물동이 가
득 채웠지/ 톡톡 까르르 웃음이 넘쳤어"라고 청자에게 자신
의 유년의 풍경을 청자에게 자백한다. 시「맑음 에스테틱」
에서는 "은은한 조명 포근한 실내/ 잔잔히 흐르는 음악/ 누
우세요, 조금 더 위로 올라오세요"라고 청자에게 청유한다.

　좋은 시인들은 상황에 따라 종결어미를 다채롭게 사용한
다. 위에 인용한 시 등 그의 시 몇 편을 따라가 보면, 종결
어미가 주는 효과와 재미가 어떤지 알 수 있다.

　민선숙 시의 구성은 적층과 열거가 특징이다. 적층은 내
용을 탑처럼 쌓아가는 것이고, 열거는 어휘를 열거해 가는
방식이다. 적층과 열거는 의미의 강조와 형식의 음악성에
기여한다. 표제시 시「너를 아직 잊지 못했다」와「달빛의 속
울음」은 적층 방식이고,「그림자만 다녀가다」와「74번길」은
열거 방식의 좋은 사례가 된다.

　　작은 화분의 장미가 삼년 째

　　노랗게 아주 노란색으로 피고 있다

　　노란 장미에 겹쳐 떠오르는 얼굴

　　빈 그네에 앉아 발을 굴려보면서

　　밀어주는 이 올까 하루에도 여러 번

　　나무 위에 앉아 답을 하는 때까치

이름을 불러도 답이 없는 편지

놀이터 시소 타다가 밟은 모래 위
발등에서 멈춘 개미 한 마리가
쉼 없이 쓰는 한 자 한 자

너를 아직 다 읽지 못해
내 안에 붙들어 놓은 너
앉아 있는 그 자리가
너와 나의 도서관이 되었다

—「너를 아직 읽지 못했다」 전문

묘사가 섬세한 이 시에서 노란 장미는 한 인물을 떠오르게 한다. 때까치와 개미가 인격으로 등장해 화자에게 이름을 대신해 불러주거나 글씨를 써준다. 그러나 읽을 수 없는 편지다. 화자는 너라는 불특정 인물을 다 읽지 못해서, "그 자리가/ 너와 나의 도서관이 되었다"고 한다. 화자가 상정하는 인물은 구체적 대상이라기보다는 절대적 추상적 대상으로 읽힌다. 각 연이 별도의 서사지만 층을 이루어 한 편의 시를 만든다.

시 「달빛의 속울음」 3연의 경우 "담벼락에 새겼던 어릴 적 낙서/ 작은 웅덩이에는 버려진 공책/ 어른들의 잔소리를 듣던 시절/ 깨진 접시 집어 드는 구부정한 할머니의 쉰 가래소리"는 서로 다른 서사가 층을 이루어 한 연을 만든다.

시 「그림자만 다녀가다」는 "멀리 빨간 지붕이 보인다/ 스
레트 지붕, 교회 종탑// 조금 내려오니 학교 마당엔 쓰다 버
려진 칠판지우개 백묵 털실 자 연필 신발 한 짝 올 풀린 스
웨터 낡은 청바지"로 어휘들을 열거한다. 시 「74번길」에서 "
까르보나 한 접시/ 에스프레소 한잔"이나, 시 「샘들길」 2연
의 경우가 열거 방식이다.

5.

민선숙 시집 원고를 읽어가며, 나름 특징을 갈래지어 살
펴보았다. 그의 시에는 가족을 제재로 한 시들이 많이 보인
다. 특히 아버지와 어머니를 다룬 시편들이 인상적이다. 고
난의 삶을 살다 어린 자식들을 두고 일찍 저세상으로 떠난
아버지와 여러 자식을 거두며 지난한 생을 건너간 어머니의
모습이 머릿속에 남는다. 이뿐만 아니라 아들과 딸, 이웃과
친애하는 모성의 덕목도 보인다.

또 일상에서 채집한 제제들이 다양하고도 다수인 것도 시
집의 특징을 이룬다. 일상에 충실한 시인의 면모가 문장에
서 읽히기도 하고, 자연을 인격화하거나 자연 사물에 눈길
을 주는 모습도 보인다. 모성의 마음과 시선이다. 그리고
일상에서 만난 사물과 사건을 형상한 여러 시편은 긍정으로
진술을 마무리한다. 시에 드러난 시인의 심성은 맑고 깨끗
하며 밝고 행복하다. 문장은 그 사람의 거울이다.

　마지막으로 시의 어법과 구성도 시집 내에서 변별된다. 그는 ~지, ~요, ~어 등 서술형 어미를 활용해 청자인 독자에게 소통과 동의를 구한다. 또 의미의 적층과 어휘의 열거를 통해 시를 구성한다. 심상과 내용의 적층은 의미를 강화하고, 어휘의 열거는 음악성을 실현한다. 의미와 음악성은 시의 요소 가운데 하나다. 많은 독자가 민선숙 시인의 서정을 만나 잠시나마 행복에 잠겨보길 기원한다.